KB115484

자자, 나비야

정령 시인은 2014년 ≪리토피아≫로 등단했다. 시집으로 『연꽃홍수』, 『크크라는 갑』이 있으며, 전국계간지작품상을 수상했다. 막비시동인으로 활동하고 있다.

e-mail : badalove0@hanmail.net

리토피아포에지 · 96
자자, 나비야

인쇄 2019. 11. 15 발행 2019. 11. 20
지은이 정 령 펴낸이 정기옥
펴낸곳 리토피아
출판등록 2006. 6. 15. 제2006-12호
주소 22162 인천 남구 경인로 77(숭의3동 120-1)
전화 032-883-5356 전송 032-891-5356
홈페이지 www.litopia21.com 전자우편 litopia@hanmail.net

ISBN-978-89-6412-123-8 03810

값 10,000원

이 도서의 국립중앙도서관 출판예정도서목록(CIP)은 서지정보유통지원시스템 홈페이지(http://seoji.nl.go.kr)와 국가자료종합목록 구축시스템(http://kolis-net.nl.go.kr)에서 이용하실 수 있습니다.(CIP제어번호 : CIP2019044012)

정령 시집

자자, 나비야

시인의 말

바람의 고요가 귓바퀴를 간질인다.
외로운 고요가 적막한 고요를 낳는다.
꽃잎이 물 달라 조르는 소리도 들린다.
초록잎이 햇살에게 생떼 부리는 소리도 들린다.
모음과 자음들의 어리광도 들린다.
모든 소리들이 고요 속에 뿌리 내리고
적막한 고요 속에 묻힌다.
호접몽胡蝶夢이 날아간다.
잇자국 남은 사과를 애벌레 한 마리가
아사삭 깨물고 있다.

2019년 가을
정 령

차례

제1부 천상천하 꽃천지

제2부 지나간다

제3부 자자, 나비야

제4부 기러기가 전하는 안부

| 제1부 |

천상천하 꽃천지

낚시

우주에 조각배를 띄우고 신들이 모여 사는 별로 가는 거야 거기서 신들이 가꾸는 푸른 꽃밭에 한 올 머리칼을 심는 거지 캄캄한 어둠 속에 서서 푸른 꽃밭에 물을 뿌리고 신들이 춤을 추면 까딱까딱 머리칼에서 꼬물거리는 뱀이 혀를 날름대다가 춤을 추던 신들의 발목과 허리와 온몸을 서리서리 감아 올라가지 별이 흔들리고 달이 흔들거리고 우주가 흔들려 기우뚱거리면 네 머리에 난 머리카락을 한 번 더 던져보는 거야 출렁거리는 우주가 잠잠해지면 바로바로 푸른 꽃들이 나풀나풀 꽃잎을 떨구고 서서히 몸이 풀린 신들이 안도의 숨을 뱉지 뱉어낸 숨으로 뱀들이 푸른 꽃밭에 알을 낳으면 떨어진 꽃잎이 알을 품지 춤추던 신들이 입김을 뱉을수록 알들은 커지고 뱀들은 허물을 벗고 더 커지지 다 자란 뱀들은 신들의 입김에 연기처럼 사라지는 거야 그 순간 냉큼 별을 낚고 달을 낚고 우주를 낚는 거지 그때 너는 나를 낚아.

널 위해 남겨 줄게

온 밤 바람은 불고 달빛은 어른대며 우렁우렁 흐느꼈다.

무른 감 하나 풀썩 눈밭에 떨어지자 깡마른 토끼가 날름 까만 감씨만 남았다.

진작 내어줄 걸, 바람이 눈밭을 지나다가 감씨 하나 나뭇잎으로 덮으며 중얼댄다.

다 꽃

꽃이 피지 않았다면, 가로 누워 일자로 내려오는 빗물에 흠씬 젖다가 오목한 눈으로 아래로만 보다가 어느 밤 검은 날개를 펼치고 어두운 세상을 곤두박질치다가 깊은 바다에서 낙조처럼 잠영을 하고 있을 거였다

꽃이 핀 후, 처진 내 입이 동그라지고 오물오물 아기새들처럼 벌어진다는 게 이슬이 아롱지고 바람이 재잘대는 소리에 내 눈이 반짝인다는 게 붉은 이사빛*에 매일매일 내 몸이 흔들린다는 게 다 꽃, 꽃이기에 꽃이기로.

* 이사빛 : 이른 아침에 뜨는 따사로운 햇빛이라는 순 우리말.

누에섬

하얀 누에섬에 파도가 일면 누에들이 잠을 자고
파도가 잠을 자면 누에들이 눈을 뜬다.
해가 지면 누에들이 춤을 추고
달이 뜨면 뽕나무가 꿈을 꾼다.

풍력의 날개가 돌고 돌아서 바람을 몰아세우면
바람은 갯가의 물살을 몰아 귀싸대기를 때린다.
누에들이 바르르 떤다. 뽕나무도 바르르 떤다.
물살은 꽃처럼 부서지고 누에들은 잠을 잔다.
누에들이 한 잠을 자고나면 햇살이 부서지고
누에들이 두 잠을 자고나면 바람이 불고
누에들이 석 잠을 자고나면 눈이 오고
누에들이 넉 잠을 자고나면 뽕나무가 운다.

잠에서 깬 누에들이 사부작사부작 기지개를 켜면
꿈에서 깬 뽕나무는 사부작사부작 뽕잎을 피운다.
온 누에섬에 누에들이 누에누에 하루를 연다.

고양이가 물고 간 잠

별을 세다가 야옹, 열을 셀 때마다 야옹,
생쥐를 세다가 야옹, 열 마리 셀 때마다 야옹,
백 마리 못 세고 음냐옹, 눈꺼풀이 처량하다.

밤새 고양이가 찍어놓은 발도장 위로
별들이 내려앉고 생쥐들은 잔치를 벌인다.

생쥐들이 놀라다가 아니다가 별들이 웃는다.
눈꺼풀 간신히 붙잡았다가 호되게 당겼다가
야옹, 잡히지 않는 잠의 꼬리 물고 간다.

정령들

정령 정령코 찾을 테다 찍찍, 동그란 눈알을 굴리며 생쥐의 꼬리가 길을 낸다 길을 낸 그물망에 앞니를 세워 콕콕, 자음과 모음 글자를 갉아댄다 부스러기처럼 정령정령정령 정령정령 뿌려진다

부스러기들이 일어나 부동자세가 되면 기氣가 흐르고 령靈이 출몰한다 수 만 명의 정령웹사이트 통합검색뉴스책 블로그카페 이미지가 된다 생쥐의 눈알이 반짝이면 물의 정령이 머리칼을 날리며 달려오고 생쥐가 앞발을 까딱이면 바람의 정령이 일어선다 생쥐가 앞발을 맞잡으면 불의 정령이 불꽃을 만들고 생쥐가 가슴을 펴고 뒷발로 서면 땅의 정령이 땅을 뒤흔든다

그리스 포세이돈, 제우스, 헤스티아, 데메테르 아니다 웅녀와 환웅 주몽도 아니다 아테네신전 파르테논신전에서 말하지 않았다 정령의 홍수다 정령이 출렁댄다 정령이 봇물처럼 쏟아져 나온다 생쥐의 앞발과 뒷발이 바쁘다 모든 호기심 관심꺼리들 속에 생쥐의 눈이 빛나고 있다 정령 생쥐 나름의 이름값은 그물망을 물어뜯고 넘쳐도 정령 끝없이 이어지는

신비와 미지의 정령이다 정령 이야기는 오리무중 사이트가 되었다 찍찍, 바삐 넘어간다 생쥐의 눈알이 빽빽해지면 화살표를 몇 개쯤 넘긴 그쯤에서 생쥐가 꼬리를 깔고 눕는다.

자연스럽게 정령들도 서서히 꿈틀댄다 시의 정령이 시간을 재우고 말의 정령이 언어를 잠근다 책의 정령이 책장을 채우고 사랑의 정령이 도깨비로 소환되는 동안, 들킬까 조심스레 또 다른 정령들이 그물망을 뚫는다.

천상천하 꽃천지

천상에 불이 났다. 지옥으로 떨어지던 사람들이 비좁은 곳에서 화를 못 참고 불을 질렀다. 불길은 좁은 길을 벗어나며 붉게 물들었다. 매캐한 연기가 코를 찌르고 뜨거운 열기에 지옥으로 가던 사람들은 허공을 맴돌았다. 천상에서는 불길을 줄이기 위해 천상으로 오르던 사람들에게 물과 씨앗을 주었다. 불길에 휩싸인 사람들이 허공으로 몰려오는 바람에 천상으로 오르던 사람들은 물을 뿌리고 씨앗을 던졌다. 천상의 씨앗들은 북적북적 소란을 피워대며 피어났다. 꽃이 불길처럼 일었다. 으아리소방서에는 언제 출동하냐며 불이 났고, 개불알기상청에는 연일 비 올 확률을 묻느라 불이 났다. 모란과학연구소에는 이런 일이 왜 생겼느냐고 불이 났고, 장미경찰서에서는 방화범을 찾아, 지옥에 갈 사람을 뽑느라 불이 났다. 천상에 불길이 번지자 온 세상은 빨개졌다. 지옥으로 던져진 양귀비소방호스는 번개가 칠 때를 기다려 물줄기를 쏘아댔다. 지옥에 불이 나니 천국에도 불이 나 세상이 들썩였다. 허공을 떠돌던 사람들이 대기번호 대신 물과 씨앗을 받아 돌아오고, 천국에 가려던 사람들이 물과 씨앗을 던져 천상은 꽃천지가 되었다. 영겁의 시간이 흐르고 저세상으로 못 간 사람들은 날로 늘어 천지에 넘쳐났다. 번개는 수시로 치고 빗줄기는 굵어지고 꽃은 흐드러지고, 온 세상이 꽃천상, 꽃 천하, 꽃 천지, 화르륵 피는 중이다.

별이 된 아내와 별리別離

상처로 어른이 된 감나무 아래 햇살이 엎어져 운다.

상서로운 갓난 애 소식에 한껏 젖은 술병도 속울음 운다.
사내 고개 들지 못하고 술병은 사내를 달래지 못한다.

저 놈의 감도 어쩔 줄 몰라 사내울음 하나 뚝 잡자고 고만
벌건 눈알 굴리다 엉겁결에 툭 사내 옆에서 눈물 터트린다.

싸락눈

소리도 없이 눈치도 없이 오는 듯 안 오는 듯 풀풀
싸락눈 날리는 날 꼬르륵 소리가 먼저 대문을 열었습니다.

쌓이지도 않은 눈길에 미끄러진 어머니의 낡은 신발
겨울눈 다 녹도록 툇마루 밑에서 끙끙 앓았습니다.

방학 내내 아버지 작업복 꼬질꼬질 땟자국 덜 지워지고
연탄불 꺼트려 오밤중 눈 비비고 일어나 부지깽이 들고
밥 짓다가 엎어져 울며 엄마노릇 하던 기억이 싸락싸락

소리도 없이 눈치도 없이 오는 듯 안 오는 듯 풀풀
치매 걸린 어머니 신발 위로 아득한 이야기 계속 날립니다.

포우의 시와 술잔

뒤집힌 푸른 달은 검은 고양이의 눈 속에 포우의 잔을 드네
잎사귀에 내려앉는 달빛이 싸늘한 주검을 에워싸며 안네
술잔 속 앉은 달이 꺼억꺼억 시도 따라 엎어져 곡을 하네

닭들의 복날

닭들이 옹기종기 모여 앉아 생살로 복날 보시를 한다.
돌아 앉아 눈 감은 놈, 사시가 된 놈, 중구난방 해탈한 시선
복날 더위 가시라고 복을 주는 착한 보살들의 살신성인

미루나무

바람결 따라 비닐봉지가 너울댄다.
춤바람 나 집 나간 아내의 속곳처럼 펄럭인다.

지금은 돌아와 제 갈 곳을 찾아 헤매는 눈빛으로
반질거리던 시절 떠올리듯, 새참 이고 나르다가
손 막걸리 흐르는 걸 보고 헤프게 웃는 듯이 너울거린다.

달작거리는 막걸리를 담았던 봉지다.
농사꾼의 헤진 소맷자락처럼 펄럭인다.

미루나무 가지에 검정 비닐봉지가 하릴없이 걸터앉아서는
까맣게 탄 속을 너울너울 춤을 추듯 내보인다.

상사화

진한 꽃향기 머금고 찾아오는 봄바람 같이 그대여 와요
와서 그리움 가득 담은 마음 차마 못 보이고 수줍은 몸
파릇하게 돋아나는 새싹 위로 아지랑이 솟아오르듯 봐요
보고픈 마음 쉽게 나누지 못한 아쉬움만 넘실대는 눈빛
호수같이 큰 눈망울엔 하나 가득 떠오르는 환한 그대 얼굴
노란 달빛이 창가에 내려앉아 보는데도 그저 먹먹한 가슴
반짝이는 별이 토닥이는데도 가는 손 내밀며 하 속수무책

씨앗들이 돌다가

씨앗들이 날아 돌고 돌다가 비행기 되고 낙하산 되었다지.

시를 심으면 시가 되나 말을 심으면 말대로 되나 싶어서
하루 지나고 한 달을 일 년같이 일 년을 십년같이 심었지.

말 씨앗은 세상 속 향기가 되어 훨훨 날아가 버리고
조그만 탁상불빛 아래 아이눈 마주하고 밝게 웃고 있다지.

바람이 되어 어디로 날아가는지도 모르고 시 씨만 심었네.
주구장창 씨앗들이 날아 돌고 돌다가 시 꽃이라도 되라고.

꽃기린

너의 눈빛이 작은 눈에 닿아 밟힌다. 눈을 감는다. 너의 긴 목이 내 눈에 밟히고 너의 마음이 내 눈에 밟히고 내 눈에 밟힌 자리가 너의 눈이 되고 너의 간절한 말이 가시로 되어버린 기린아,

너의 작은 손길이 가시가 되어 잡힌다. 손을 오므린다. 너의 긴 목이 내 손에 잡히고 너의 마음이 내 손에 잡히고 내 손에 잡힌 자리가 너의 손이 되고 너의 처절한 말이 가시로 되어버린 기린아,

너의 말이 귀를 찌르고 너의 맹세가 콧잔등을 찌르고 너의 마음이 허공을 찌르며 동그랗게 오므린, 허공에 찔러놓은 말이 이마로 내려와 눈썹에 찔러 넣은, 그립다 보고 싶다 새까만 참말, 허공중에 떠다니다 빨갛게 응어리진 기린아.

사과의 꿈

사과의 사과는 화장대 앞에서도 데구루루 굴러다녀요
식탁 위의 모서리도 굴러다니다가 의자 위에도 떨어지고
바닥에서도 굴러다니다가 단단한 사과의 가슴을 건드려요

사과가 가슴을 열까 사과의 눈이 사과의 면을 응시해요
사과의 면이 닿은 사과는 눈을 감고 사과의 꿈속으로 가요
꿈속에서 친구들은 데구루루 구르며 신나게 춤을 추어요

뭉텅 자르기도 하여 여럿이 나누기도 적당한 착한 얼굴에
숨겨둔 비밀의 응어리 손바닥으로 움켜쥐고 있지 말라고

가슴을 연 사과가 친구들의 손바닥에서 미소를 짓는 데요
춤추던 친구들이 웃는 사과를 따라 데구루루 굴러가면서
눈 뜬 사과의 몸을 일으켜요 동시에 움켜쥔 응어리도 놔요

달

달이 뜬다.
노란 달이 뜬 어제는 그제 버린 사람 눈썹이 예쁘다 했네
빨간 달이 뜬 그제는 작년에 잊은 사람 입술이 달다 했네
파란 달이 뜬 작년에는 옛날에 잊은 사람 목선이 곱다 했네
하늘에 떠 있는 달이 단 웃음을 지으며 나를 보고 있었네.
달은 내일도 낼모레도 내년에도 뜰 것이네.

달이 진다.
노란 달도 어제 주운 사람도 멀어져 간다.
빨간 달도 그제 찾은 사람도 멀어져 갔을까.
파란 달도 작년에 보았었던 사람도 달 따라 갔다.
캄캄한 하늘에 별도 따라 떨어져 운다.

점점 날을 잃어가며 노랗고 빨갛고 파랗게 이운다.
작년에도 그랬고 그제도 그랬고 어제도 그랬듯이
날마다 단 웃음을 지으며 노랗고 빨갛고 파랗게 뜰 것이다.
달이 뜨고 진다.

꽃잠

두 선의 합은 플러스 마이너스 오차 없이 포물선을 그리며 곡선으로 굽어보는 달빛이 정수리를 지나 만나는 꼭짓점.

달빛의 굽은 선을 마주하고 좁혀지는 간격마다 플러스 마이너스 오차 없이 곱하기 배가 되는 원점.

꽃잎이 오므리는 정점 그 점을 맞춰 보는 폭마다 달빛이 둥글리는 중심점.

수술이 암술과 만나는 공간에서 합이 일치하는 둥근 선을 달빛이 돌아 만드는 쌍곡선.

두 선의 중심은 0°에서 만나고 둘의 화두는 360° 회전하는 달빛.

달빛을 따라 점점 합이 되는 꽃들의 잠.

채송화

는개 다녀간 길모퉁이 쪽빛 구름 우르르 몰려와 끼어든다
햇살이 노루잠 자다가 눈을 비비면 꽃바람이 손을 내민다
토동토동 토동통, 수그린 연초록 멍울들이 꽃들을 깨운다

보행기에 앉은 아이의 볼우물에 환한 햇살 한 줌 고이면
또동또동 또동똥, 가는 손가락으로 실로폰을 튕기며 본다

| 제2부 |

지나간다

게들끼리 요즘은

눈치를 보니 안됐다 싶은 얼굴로
게가 무슨 일 하냐고 물으면
옆으로 걸으며 도망을 한다고 해두자.

도망을 가며 놀 게 뭐가 있나 걱정 되는 얼굴로
구체적으로 왜 도망을 가냐고 궁금해 하면
게는 옆으로 걸으며 즐겁게 논다고 해버리자.

게들끼리 다리 수 세기도 하고 숨은 내장과 알 찾기도 하고 흰 살이 되는 상상도 하고 좋은 낚시 밥도 기다리고 껍데기 태 모양도 서로 보고 소리 없는 숨소리도 바꿔보고 줄줄줄 할 게 넘친다 하자.

게들이 물방울도 뿜으며 모래알을 동그랗게 굴리는 걸 보고 왜 저러나 했더니 그걸 몰라서 묻느냐고 맞서자.
요즘 게들은 게들끼리 잘 살아간다 치자.

두더지 잡기

남의 몸 희멀건 속살을 몰래 돌려보다가 심봤다 외쳐 뿍
어깨를 으스대며 동기동창동향선후배 출신 골라 따져 빡
주름 펴고 눈썹 문신 점 찍고 염색하고 보정하고 고쳐 뽁

점점점 커지고 드세어지고 번들거리며 나불대다가 쳐봐
호되게 때리는 방망이들 왜 때려 또 때려 아야 자꾸 쳐
저마다 잘난 세상 무조건 튀어야 사는 무리들이 우르르
뿍 빡 뽁 아야 왜 때려 또 때려! 자꾸 때려도 튀어나온다.

하늘도 숨차서

비바람 휘잉 돌더니 먹구름이 덩달아 돌면서 따라오나 봐.
정신없이 돌던 바람이 작별인사도 없이 달아나네.
확 바뀐 하늘이 뛰는 나를 보고 웃다가 숨차서 헉헉.

지나간다

코스모스가 바람을 부르니 구름이 에워싼다.
바람이 비를 몰고 달려와 귓바퀴에 부딪친다.
진했던 지난 이야기가 이파리에 묻어 떨어진다.
초초한 이파리 몇 잎 누군가의 꽃 진 이야기 듣는다.

바람이 일어나자 코스모스가 팔 벌려 인사한다.
구름이 비의 손바닥을 빌려 꽃잎을 잡는다.
잘 지내라는 말 꽃잎에 묻어 헝클어진다.
헝클어진 꽃잎의 이야기들이 바람의 뒤를 쫓아간다.
바람이 넘어지며 불어온다. 또 지나간다.

귀향

—영화를 보고

그가 동쪽나라로 끌려가고 그녀도 군홧발 따라 끌려갔다
남의 밭 메고 남의 논 풀 뽑던 노인만 거친 밥알 삼켰다
아이 혼자 흙 삼키고 닭하고 뒹굴고 토끼 찾아 기어 다녔다

외정 때 남은 고된 상처로 다친 마음 헤아릴 새 없는 그녀
돌아왔다고 부서진 토담 가 남천나무가 고맙다고 반긴다.
피눈물 같은 빨간 열매를 달고 대롱대롱 어서 오너라 하고

모란의 기억으로 말하다

모란은 다음 생에서 지렁이가 되길 원한다
발밑의 지렁이는 다음 생에 모란이 되길 원한다
하얀 바람이 불면 모란의 이파리가 떨어지고
검은 바람이 불면 지렁이의 웃음도 꺼진다
덜 힘들고 덜 아프게 욕심을 버린다 해도
온몸으로 부대끼며 한 몸으로 구르면서
해 넘기고 달 지나도록 꽃구름 보자

모란이 허우룩하니 꽃잎을 떨군다
발밑의 지렁이도 꿈틀대며 땅속으로 기어간다
모란이 되어버린다 해도 발밑의 지렁이가 된다 해도
지렁이 귓바퀴에 모란이 다듬이질할 때마다
두 번 세 번 태어나도 발밑의 지렁이고 모란의 이파리뿐,
떠난다고 상처 주고 남는다고 미련 떨지 마라
꽃구름 보며 달도 지나고 해도 넘어간다
꼭 그대로 태어나 온몸으로 부대끼며 한 몸으로 굴러 보자
모란이 꽃잎으로 탁탁 지렁이의 등짝을 두드린다

호박씨를 까다

노란 속 알맹이를 파먹고 푸르스름한 껍질도 으적으적 씹고 남은 씨알마저 앞니로 톡 껍질을 벗기고 으드득 깨물어먹는다. 세상에 찢어발겨도 시원찮을 자식 버린 매정한 노랑호박도, 천하에 빌어먹을 노모와 불구인 형을 죽인 청호박도, 온 우주에 존재하는 썩어빠진 애호박에게도 귀에 대고 귓속말로 와구와구 씹어댄다. 이런, 가죽을 홀라당 벗겨서 하이애나에게 던져주고 싶은 십팔색크레파스로 그린 십장생신발껍데기야! 호박씨 까자.

팡 터진 꽃이야

꽃방에 앉아 있으면 먹지 않아도 하지 않아도 되었죠.
햇빛이 무지개를 타고 만세 부르던 날 나가고 싶었죠.
하고 싶었죠 듣고 싶었죠 보고 싶었죠 느끼고 싶었죠.

친구들이랑 노느라 꽃가루가 목에 들어가도 몰랐고요,
친구들이랑 떠드느라 꽃술이 입속에 들어와도 몰랐고요,

친구들이랑 뒹굴며 놀다가 숨넘어가게 웃다가웃다가 팡
그 순간 꽃방이 확 열리면서 난 세상으로 튀어나왔죠.

술 취한 사회

비틀비틀 에스 자字를 그리며 막걸리가 따라오는 거리

비척비척 쫓겨 가는 에스 자字가 그림자를 꺾는 사이

부라리는 퇴근길 버스가 에스 자字를 구겨 넣는 여기

지그재그 나오는 오늘이 초록 불로 바뀐 내일을 맞는다.

날아든다

자동차 한 대 바퀴 밑의 송사 감추고 뒹굴며 간다.
부스러진 갈잎 바퀴 따라 엎드려 줄줄이 기어가고
켜켜이 쌓은 빈 박스 아슬아슬 기우뚱 매달려 간다.

간판글씨 새벽항구가 횟집을 통째로 나르듯이 가고
납작한 인쇄의 생생낙지가 긴 빨판으로 미끄러지듯 간다.

자전거 탄 아이의 웃음이 햇살을 부둥켜안고 굴러오고
방송에서는 연일 판문점회담소식이 전파를 타고 흐른다.

즐거운 일상이 빛살 구겨진 언덕을 다림질하며 뻗쳐 온다.
온 세상 초록빛 생기를 나르는 경적이 쨍쨍하게 날아든다.

사과를 기다리는 사과

창밖 햇살이 아무렇게나 구겨져 꾸벅꾸벅 졸아요
볼 빨간 사과가 과묵한 사과를 오매불망 기다려요

사과에 독이 들었는지 벌레가 들었는지 베어물기 전에는
이렇다 저렇다 볼 빨간 사과도 과묵한 사과도 잘 몰라요
이름만 사과인 사과도 사과를 찾아와 사과를 내밀어요

물망초를 수놓은 조각보에 사과가 앉아 사과를 기다려요
사과들이 창 안으로 들어오는 햇살을 따라 살살 걸어와요
사과가 헤벌쭉 인사를 하면 햇살은 더 꾸벅꾸벅 졸아요

어머나, 견공님

개가 눕는다. 공을 물어다 주면서 놀아달라고 혀로 핥으면서 아양 떨면서 반지도 물어다 주고 돈도 물어다 주고 신발도 물어다 주더니 어느 개와 눈이 맞아서는 도장을 팠다.

개가 짖는다. 밥 달라고 돈 달라고 양말 달라고 신발 달라고 하나하나 왕처럼 부리고 뜯어가고 남은 건 껍데기 밖에 없다.

개가 빙 돈다. 짖어대는 대로 밥 대주고 돈대주고 양말 신겨주고 신발 사주고 하나하나 무수리처럼 내어주고 받아주니 뱉은 건 뼈다귀뿐이다.

이 노무 쉐이, 척 엎드려 꼬리를 흔든다. 속을 새까맣게 만드는 저 노무 쉐이 한바탕 짖으며 왕왕댄다. 이빨을 드러내며 짖어대는 저 왕들은 아무도 못 건드린다. 동물보호단체가 오고 안정제를 맞으니 세상이 다 고요하다. 세상 여리고 순하게 실려 간다.

스프링

건드리면 금방 달아난다
쫓아가는 마음조차 짜릿하다
너는 달아나고 나도 달아난다
툭 터지는 울음조차 짜릿하다
톡 토라지는 너의 마음도 짜릿하다
불같이 달아오른 너를 보며 달아난다
너를 쫓고 짜릿한 내가 따라 간다

너를 따라가는 것들은 다 은밀하다
은밀한 만큼 무지갯빛 흔적을 흘려놓는다
무지갯빛 흔적이 너를 따라 간다
꾸불텅꾸불텅 은밀하게 너도 가고 나도 간다
너도 무지개고 나도 무지개다

바라기들

바다는 하늘이 좋아서 푸른 거야.
무릎을 꿇고 프러포즈하는 저 물결 좀 봐.

갈매기 날개 털며 주례 보러 오고 있네.
하늘은 바다를 아우르고 바다는 하늘을 아우르고,

한없이 출렁대며 서로서로 바라보고만 있잖아.

숲, 역, 집*, 비둘기집

전망이 다르다고 호들갑 떠는 여자들을 본 적 있어요.
회색빛 날개 사이에 전단지를 끼고 한마디씩 하는데요,
이곳저곳 다 갈 수 있는 요지라고 눈을 껌벅이네요.
뒤뚱뒤뚱 어깨 넓은 남자가 조아리며 거들어요.
발코니악장으로 음악이 깔린다고요.
앞니 빠진 소리로 히읗을 날리고 중도금이 무이자라고요.
천배 만원부터 구 스물다서 평이 마감임박이랍니다.
총 삼배이 세대가 붙어먹을 수 있다고요.
숲 좋고 역 좋고 집 좋고 다 좋다고 합니다.
숲 옆집처럼 공기가 맑고 새들이 춤출 수도 있다고요.
마음만 앞선 비둘기들 날개를 파닥여요.
숲 좋고 역 좋고 집 좋은 곳에서 살려면 비둘기여야지요.
그렇죠? 내가 비둘기인가요?

* 아파트 분양 광고.

달의 갱년

머리꼭대기까지 차오른 우울로 입 꾹 다문 노란 달이 눈물을 머금고 있다 성질을 못이긴 별들이 안달복달한다 바람이 가슴을 쓸며 다져놓은 성질을 다독다독 누르고 우울해진 침묵을 우렁우렁 닦는다 꽃이 꽃인 줄 모르고 풀잎이 풀잎인 줄 모르는 달이 등을 보이고 돌아눕는다 울적한 하루가 우울한 시간을 달래고 훌쩍거린 눈물이 너울 바다를 만든다 달달한 바람을 맞으며 떠나보낸 별들은 안절부절 요란을 떤다 노란 달이 마지못해 띄워놓은 우울을 거두고 돌아선다

별들이 잘잘 견디라고 잘잘잘 웃는다 동그래지라고 달달 보챈다 탈탈 털라고 풀 죽지 말라고 둥둥 일어선다 별이 많아진다 무성해진다 붉으락푸르락 달아오른다 노란 달의 달뜬 갱년기를 별들의 별별스런 사춘기의 위로가 불룩하게 받치고 있다 만삭의 둥그런 언덕배기에서 시린 시절을 갉아먹고 자란 별들이 슬금슬금 무른 달밥을 찾는다 아침에도 야금야금 한나절 조금조금 베어 먹으며 그믐달이 되어간다

한련화

어스름 새벽 이슬이 또르르또르르 모음처럼 구를 무렵이었나 밋밋한 창에 말그스름하게 피는 안개꽃 하얗게하얗게 엉기어 성글 무렵이랬나 팔랑팔랑 날아온 나비 한련화 꽃술에 대강대강 안부인사할 무렵이었을 거라든가 휑하니 구름 한 점 파란 하늘에 흐르다가 꼬리 잡혀 비행기처럼 사라지던 무렵이었나 가녀린 생명이 흠씬 두들겨 맞고 청테이프로 꽁꽁 묶여 함부로 베란다에 버려져 있던 그 무렵, 한련화 꽃잎이 몸서리치며 더 붉게 흐드러지더라는.

그 개미들

지금그개미와 여기그개미와 아까그개미가 행군한다.
지금그개미는 이상한 살냄새를 맡고 대열을 이탈한다.
여기그개미도 슬그머니 대열을 빠져나온다.
살냄새가 나는 쪽으로 맹렬히 달린다.
아까그개미도 달려온다.
지금그개미는 너무 달린 나머지 뙤약볕에 널부러진다.
그 틈에 여기그개미와 아까그개미가 전속력으로 달려온다.
투실투실한 다리를 끌고 간다.
지금그개미는 망연자실 그 꼴을 지켜본다.
지금그개미는 아까 그 굵직한 다리가 야속하다.
아까그개미와 여기그개미는 이를 악물고 끌고 간다.

다리를 끌고 가는 아까그개미와 여기그개미가 부러운, 지금그개미는 간신히 발가락을 물고 죽을똥 살똥 애를 쓰는 지경이다. 아까그개미와 여기그개미는 신이 나 휘파람을 분다.

(개미왕국에서는 아까그개미와 여기그개미가 영웅이 되었다. 개

미들이 떼로 몰려온다. 지금그개미는 발가락 사이에 숨어서 긴 전투가 끝나기를 기다린다. 개미들 사이에서는 여름이 길어서 여름 나기가 어렵다. 굵은 다리를 개미군단이 점령하면서 보이지 않는 전쟁이 치열하다. 여기저기 피가 터지고 살이 찢어진다. 서서히 굵은 다리가 모습을 드러내며 땅바닥을 딛고 선다. 다리에는 금방 지어놓은 개미 움막이 퉁퉁 부어오른다. 개미들이 풍비박산 순식간에 흩어지고 발가락에 숨은 지금그개미만 살아남아서 기회를 엿본다. 해는 내리쬐는데 풀숲에서는 경계태세로 보도블록에서는 행군으로 군기가 바짝 든 지금그개미의 열기가 뙤약볕 아래 쨍쨍하게 올라온다.)

밤을 훔치는 도둑

얼굴 없는 입이 덥석 바보상자를 물고 가버렸다
눈알 없는 눈으로 비몽사몽 손전화기를 집어갔다
발이 없는 발가락이 굼실굼실 자동차를 실어갔다

얼굴 없는 입, 눈알 없는 눈, 발이 없는 발가락
깨어나서도 얼굴이 없고 눈이 없고 발이 없다
유일한 손가락의 힘으로 만져지는 코 들숨 날숨 없다

도시 잡을 방도가 없는 도둑, 연거푸 훔치러 간다.

| 제3부 |

자자, 나비야

오후 한 시의 파도

오후 한 시의 고즈넉한 파도 위에 새들이 너울거린다.
은행나무에 걸린 파도가 졸릴 듯 말 듯 대화들이 노랗다.
보다 못한 까마귀의 찢어지는 고함소리 쪼까 문 여시오.
은행나무에 걸린 파도가 화들짝 놀라 철썩철썩 문을 딴다.

봄

서리가 낭자한 서러운 이가 서걱서걱 설움을 토해낸다.
문턱을 넘지 못하고 응달에 앉아 굳은 이도 비잉 돈다.
지나가던 바람이 문득 이들의 볼기짝을 후리고 내뺀다.
햇빛이 살그머니 따라와 그만그만 하라 어깨를 다독인다.

등대

바닷가에 우뚝 선 둥그런 눈이 빛줄기를 쏘아댄다

술 취한 만선 비틀거려도 뱃길 따라 잘 찾아오라고

달이 어린 별 데리고 다다다 놀 재도 총총총 뱃길만 본다.

봄비의 유혹

숲속 길가에 나무 한 그루 꽃일까 보았더니 빗방울이구나.

그 모양 한밤중 별등 같아 보고 또 보아도 네 얼굴 같구나.

알알이 꽃 필 자리 먼저 나와 반기는 너, 단단히 홀렸구나.

어쩌다

끈 떨어진 커튼이 펄럭인다.
열 받은 전깃줄에 새들이 비비거린다.
푸른 바람이 마르도록 울음소리가 탄다.
놀란 나뭇잎이 가로등을 깨운다.
적막과 밝음 사이에 어쩌다 와 있다.

시간이 오슬오슬 흘러간다.
빛의 그림자가 고양이가 되어 웅크리고 있다.
끈 떨어진 커튼이 문득 새를 바라본다.
전깃줄을 넘다가 바람이 새들을 건드렸다.
태양의 비명이 낭자하다.
목젖이 타들어가고 가로등은 나뭇잎을 재운다.
어둠과 고요 사이에 어쩌다 와 있다.

자자, 나비야

빛깔에 끌리기로 하자 아침에는
주홍빛의 능소화 노란 금계국 붉디붉은 찔레
빙빙빙 후리며 돌다보니 겨드랑이가 결린다.
날갯죽지가 뻑뻑하다.

향기를 따르기로 하자 저녁에는
붉은 장미 바라보다가 코가 따갑다.
목련꽃 핀 자리에는 아련한 어머니의 냄새
고상하다는 튤립 옆에서 어깨를 편다.
옆집 누이 치마 속이 궁금해지는 명자꽃 정강이가 가렵다.
달개비꽃길 따라 맴맴 돌다가
보르르 날개를 접고 숨을 고른다.

쑥부쟁이

하지에 볼살이 부풀어 오른다 그 볼살 금방이라도 터질라 말라가는 다리가 허리가 바람을 탐하고 몸을 비튼다 하지는 밤에도 살아나 달빛을 가린다 뜨거운 속을 밤새 뒤집는다 햇살을 밥 대신 오물거린다 진딧물이 살 속을 파먹고 성긴 바람이 잠시 머물다 잠을 잔대도 어깨라도 비워 몸을 내어준다 가지 마라 붙잡다가 오지 마라 보냈다가 비튼 몸, 꿈속으로 걸어가고 달 속으로 달려가고 별 속으로 뛰어가 오래오래 머물러라 설핏 바람 한 줄기 지나다가 부푼 볼살에 홀리면 연자주빛 짧은 혀를 내밀고 바람의 엉덩이를 핥는다.

즐거운 쉰

달이 지면 태양은 다시 떠서 꽃을 피우고 향기로 날아온다. 나비가 오고 꽃은 흐드러지고 또 다시 달은 차고 다시 이운다. 다달이 달도 뜨고 지고 꽃들도 노래를 지어 부른다. 노랫소리가 희미해지고 달빛도 가려지면 들리지 않는 비명으로 서서히 잠잠해진다. 가로등 불빛도 지쳐 눈을 감는 정거장, 바람소리마저 버스를 재운다.

주인을 버리고 짓이겨진 광고지가 하얗게 죽은 거리, 말라버린 나뭇잎이 바스라져 까끌까끌한 보도블럭을 살비듬이 되어 덮는다. 꽃은 피지 않을 것이고 달도 차지 않을 것이다.

쉰을 막 넘긴 거기, 데워진 달이 열꽃으로 피어나고 피어난 열꽃은 줄기마다 갈라져 타는 목마름으로 뜨거운 심장을 요동치게 한다. 미세한 모세혈관들은 물줄기를 찾아 허덕이며 온몸을 흔들어 깨운다.

데워진 달이, 피어난 열꽃이, 요동치는 심장으로, 간절하게 고개를 든다. 젖은 달빛이 구름 사이로 고개를 내민다. 달맞이꽃이 노랗게 반긴다.

적요

시간이 꽃잠을 자고 그림자가 오수를 낳으면 사아삭사아삭, 개미가 빵조각을 앞발로 굴리며 간다.

바람이 태몽을 꾸고 공기가 몽정을 하면 어기적어기적, 달팽이가 더듬이를 세우며 돌아본다.

고요가 만든 달팽이관을 따라 고막이 거미줄을 치면 뒤적뒤적, 노인이 담배쌈지 뒤지며 담뱃불을 찾고,

한숨이 지나간 폭풍의 끄트머리를 붙잡고 소리 없는 기적을 울리면 부스럭부스럭, 신혼부부가 옆방에서 남침을 간다.

냇물이 마르고 꽃이 꽃잎 속으로 노을을 거두어들이면 안으로안으로, 지친 몸뚱이가 꽁꽁 얼어붙는다.

사무친 사람들이 적요의 얼굴로 생생해진다.

말라 마르지모

—치매입담·1

아침나절이 뽀얀 아지랑이다
염전에 소금꽃이 흐드러졌다
밤새 저러고 질펀히도 노닐다

젖으면 벗어야지요~ 냅둬 마르게~ 옷이 젖으면 찝찝하잖아요~ 마르지모~ 요도 젖었잖아요~ 아니 요기만 젖었어~ 어서 갈아 입어요~ 괜찮아 말라 마르지모~ 그러게요 말라 마르지모 그렇지요

군자란
—치매입담·2

누구 먹으라고 상다리 부러지게 차리누. 상다리가 부러지나 엄마 다리가 부러지나 볼라고요. 아서라, 상다리 부러질라. 상다리가 부러지나 엄마 엉덩이 올려보지요. 내 엉덩이로 상다리가 부러진다고. 그럼요, 요만한 감자보다 엄청 크잖아요. 얼레, 엉덩이가 삐져서 뿡 소리를 내잖여. 그럼 탈탈 털고 엉덩이만 빼고 앉아요. 넘치도록 담지 말랬더니 엉덩이를 빼고 앉으라고. 주홍색 꽃무더기가 해 난 쪽으로 삐죽 고개를 내민다.

붉은 버지니아풍년화

—치매입담·3

덜거덕덜거덕 오토바이가 으르렁대며 달려와 선다. 누룽지맛 사탕이 가슴에 안겨 부스럭거리며 떠든다. 당이 어쨌다고 그만 하라고, 북어포 너댓 봉지가 갈비뼈를 드러내고 가만 있으라며 웃어젖힌다. 속이 시원하네 암말 말어, 매운맛 컵라면이 빙 둘러 앉아 몸에 좋은 건 하나도 없다며 투덜거린다. 고만해 다 내가 먹을 거라고, 털썩 앉은 불룩한 배에 고래를 태우고 당으로 꽉 찬 공기를 빨아 마시며 벌겋게 달아오른 혈압으로 버럭 내지른다. 하루벌이가 누룽지맛 사탕처럼 달달하다가, 북어포처럼 갈기갈기 찢어지다가, 다 불어터진 면발처럼 뚝뚝 끊어진다. 불거진 볼에 심통이 가득 차서 벌떡거리며 고래를 걷어찬다. 그만해요 아버지, 버지니아풍년화가 마른 잎사귀로 살살 흔들어 말린다.

하얀 홀아비바람꽃

—치매입담·4

고혈압 당뇨에 안 좋다는 것만 잔뜩 장을 봐온다고 큰 소리로 나무라고는 뒤도 안 돌아보고 집에 와서 일손을 놓았다. 밤새 애끓이다 잠 한숨 못 이루고 찾아가니 어제의 일은 까맣게 잊고 탕수육을 잘도 드신다. 맛있죠? 맛없어. 살살 녹죠? 안 녹아, 임자도 얼른 먹어 맛있어. 임자까지 챙겨가며 싹싹 비우신다. 불룩 나온 배에 탕수육이 헤엄친다고 틀니를 덜그럭 거리며 웃는다. 또 와, 네가 젤 이쁘다. 버석거리는 손가락이 머리칼을 무디게 쓸어내리며 박하사탕을 내민다. 오도독오도독 홀아비바람꽃이 하얗게 핀다.

노란 애니시다

—치매입담·5

엄마 이 애 알죠? 알 것도 같고 모를 것도 같고 집이는 나 알우? 아유 어머니 저는 알죠 바로 옆집 살았잖아요 그랬구먼요 몰라보게 예뻐지셔서요 길에서 보면 못 알아보겠잖아요? 엄마 다시 봐 봐요 얘는 뻐드렁니에 가재미눈이에요 그런 말 마요 얼굴살이 포동포동하고 살결 보드랍고 눈도 작고 얼굴도 주먹만 하고 이만하면 예쁘지요 엄마 나는? 뉘신가 이 분 보담 못해도 마음씨 하난 곱지요 뉘집 엄마인지 마음씨 하나는 비단결처럼 곱기도 하지요 어머니가 최고로 고운대요 거 봐요 몰라보게 예뻐졌지요? 노란 애니시다가 살살 고개를 든다.

봄맞이꽃
—치매입담·6

길가에 쪼그려 앉아 꽃이 좋다고 허리를 구부리는 어머니
조그만 꽃이 엉덩이에 깔리면 어쩔까 발에 밟히면 어쩔까
어쩨 이리 고울까 미워죽도록 너무 예쁘다고 삐죽거리며
작디작은 하얀 꽃들이 저보다 예뻐 보인다고 호들갑이다.

난리다. 벌이 날고 나비가 날고 어머니 눈동자도 따라 난다
벌들이 윙윙 춤을 추고 나비들도 어깨춤이 절로 나온다.
작은 꽃들이 어머니의 환한 얼굴을 보고 헤죽헤죽 웃는다.

어머니 손가락 수 만큼인 꽃잎, 다섯을 못 세도 좋아
괜찮으니 옆에만 있어달라며 봄맞이꽃이 말갛게 웃는다.

백목련

상복 위에 투둑 하얀 목련이 피었다
겉저고리 밖으로 상주 대면할 때마다 피는 것을
옷섶에 뽀얀 젖무덤, 목련처럼 매무새가 열렸다

가는 길조차 목련 피우고 가는 저 약속한 사람
저 사람이 생전에 잇몸 하얗게 웃더니
삼년 병수발 목련처럼 웃으라며 피었다

산머루

산 씨, 열일곱에 아버지 여의고 안 해본 것 없다.
군 지휘관이 꿈이었던 산 씨, 산 속으로 들어갔다.
알록달록한 군복 입고 얼굴에도 얼룩무늬 그리고,
목에는 망원경 걸고 어깨에는 가짜별도 달았다.
산에서는 사단장도 되고 졸병도 된다.
망원경 눈에 대고 열중 쉬엇 외치는 산 씨
사는 게 전부 각개전투였다는 산 씨
혼자 구령에 맞춰 구보로 산을 오르는 산 씨
검게 그을린 산 씨가 완전군장 차리고
뙤약볕 아래 보초를 서고 있다.

능소화는 보고 있었지

능소화가 꽃잎을 동그랗게 오므리기 전에 보았지.

가막마루가 드르륵, 어떻게 열리고 닫히는지 보았지.
안방에 자리끼는 어떻게 줄어드는지 보았지.
탁주 한 사발이 어떻게 밤을 경쾌하게 만드는지 보았지.
보름달이 사발 속에 들어앉아 어떻게 빙글 도는지 보았지.

장독대에 핀 과꽃이 어떻게 목을 길게 내미는지 보았지.
연초록 강낭콩 줄기가 어떻게 담장을 넘는지 보았지.
어떻게 자주색 가지들이 주렁주렁 굵어지는지 보았지.
밭두렁 옥수수가 어떻게 수염을 기르는지 보았지.
고추밭 고추가 어떻게 붉어지는지 보았지.
여물어가는 호박의 꿍꿍이속이 어떻게 변하는지 보았지.

보름달이 호박꽃잎을 별처럼 빚는 것을 보고 있었지.
가로등이 타박타박 그림자를 쫓아가는 것을 보고 있었지.
바람이 만나는 솜털마다 간지럼 태우는 것을 보고 있었지.

창가에 앉아 연애편지를 썼다가 지우는 것도 보고 있었지.
능소화는 보름달보다 구름보다 먼저 꽤나 잘 보고 있었지.

능소화가 꽃잎을 동그랗게 오므리면 그때 밤은 오는 거지.

네 덕분에

내 마음을 쿵 때리는 너
내 눈 속에 콕 박히는 너
내 안의 너로 인해
언제나 봄날 같은 삶

네 덕분이야
빛나는 사랑, 너는

| 제4부 |

기러기가 전하는 안부

자목련

교통사고로 무뎌진 다리를 세우고
한 번도 앉아보지 못한 허리를 펴고
쥐어보지 못한 손을 꽉 잡아 심는다
안아보지 않은 가슴이 가늘게 운다
웃어보지 못한 얼굴이 입꼬리를 올린다
듣지 못한 목소리로 함께 가슴에 심는다

그가 말하던 용인 파란 숲속 굵은 다리가 될 뿌리를
꼿꼿한 허리로 굳은 심지가 될 줄기를
활짝 팔 벌려 안을 가슴과
하늘 보고 웃을 얼굴을 심었다
필 것이다 그의 목련

여월 숲의 외딴집

—아이들의 노래·1

분홍지붕에 나무들이 물구나무를 서면요
지붕 아래로 풀꽃들이 놀러 와요
물구나무를 서는 나무에 올라가
지저귀는 새들과 쎄쎄쎄 하면요
바람이 아빠 없는 손을 잡고 흔들고요
지붕을 타고 앉아 말 타기를 하면요
지나던 구름이 다가와 엄마 없는 손을 잡고요
무궁화 꽃이 피었습니다, 외치는데요
나무들이 꽃을 피우다가 슬그머니 시치미를 떼지요
네모 난 하늘을 덮고 풀꽃들이 꿈을 꾸면요
왁자한 수다도 노란 양지마루에 앉아 푸푸, 숨을 고르고요
풀꽃들이 가위바위보, 외치면요
분홍지붕이 보자기를 내밀고요
파란 하늘이 바위를 내밀어 네모지게 웃으면요
나무들이 꽃봉오리로 가위를 내미는,
여월 숲의 외딴집 네모 난 분홍지붕 아래

햇살이 쪼그린 그림자와 풀꽃들이 오종종 모이면요
하늘도 한 숟가락, 조각구름도 한 젓가락,
한자리 끼고 앉아 소꿉놀이 중입니다

바람이 만난 바람

—아이들의 노래 · 2

봄바람이 경춘가도를 달립니다
버짐 핀 꽃바람도 함께 달리고요
빼드렁니 강바람도 따라 달립니다
짙은 쌍꺼풀의 바람이 솜털을 간질이며 쫓아옵니다
강줄기 따라가다가 남이섬 메타쉐콰이아 숲길을 걷습니다
쉬지 않고 걸어 꽃을 피우고 배꼽 빠져라 목청을 돋굽니다
금식하고 진찰을 받아야 한다고 자작나무가 자작댑니다
새로 입학한 막내가 학원을 다녀야 한다고 툴툴댑니다
다람쥐가 풀잎이랑 잇몸 벌리고 한바탕 숫자를 셉니다
꽃바람이 콧속에 강바람이 눈 속에 들어와 잠을 잡니다
바람이 만난 바람은 별과 달과 마주앉아 해를 맞이합니다

파래진다면 춤출래

—아이들의 노래·3

물이 파래지면 꽃에 부는 바람도 파래진다.
파란 빛은 산도 삼키고 냇물도 삼키고 사람마저 삼킨다.
그림자와 놀던 미루나무와 춤추는 생달나무도 파래진다.
솔바람도 파랗고 오솔길도 파랗고 꽃도 파랗고 다 파랗다.
한 동 한 동 뛰뛰던 돌다리도 파래져 파란 유년을 삼킨다.
별이 파란 꿈을 꾸면 아이도 파래지길 꿈꾸며 잠이 든다.

파랗게 된 아이가 나비 되어 난다. 이승을 떠난 아버지는 밤새 소리 없이 파래져 있고 어머니도 파란 바람 따라 파란 꽃이 되었다. 파란 별들이 내려와 앉으면 나비가 춤을 춘다.

까치밥
—아이들의 노래·4

바람이 가지 끝에 귀를 대고 눈이 다녀가며 한 말을 되뇌고 있다. 까치밥이 잠을 자다가 하늘을 보다가 이슬을 먹다가 잔가지 끝에 기대어 앵앵 운다고 바람 맞은 된서리도 덩달아 하얗게 변한다. 까치밥이 말랑한 볼을 콕콕 찍히던 다음날, 더 이상 누구의 밥은 싫다며 하얗게 쌓인 눈 위에 감색으로 뜬 눈을 흘긴다.

까치는 숱한 약속들을 떠올린다. 먹구름이 끼고 금세 나뭇가지가 축축해지는 만큼이야. 적시고 젖고 난 다음 고개 쳐들고 반짝 나타나는 햇살 만큼이고 바람이 솔솔 스며드는 날 만큼이랬지. 감나무 집 아들에게 손찌검할 때마다 하던 약속처럼.

구름도 햇살도 바람도 가리지 않고 순간순간 달려와 눈물 줄줄 흘러내리게 한 것을. 바람이 눈물을 캉캉 말리는 날, 접근금지명령은 떨어지고 까치는 감나무를 떠나버렸다.

꾀꼬리

—아이들의 노래·5

썩고 냄새 날 때 똥파리는 더 모여들었다 폭삭 썩자 버려졌고 똥파리도 날아가 버렸다 한 여름 똥파리가 날갯짓을 하며 요동칠 때였다. 못 찾겠다 꾀꼬리, 깨금발 뛰고 나와라. 노래를 하다가 노랫소리에 귀가 찢어지고 한 박자 빠른 발길질에 갈비뼈가 으스러졌다.

졸졸 좋아서 똥파리처럼 따라다니던 어린 꾀꼬리, 쓰레기 더미에서 날개 부러진 채 버려졌다. 목청이 닳도록 외치는 소리에 눈물 반 콧물 반 뒤섞인 얼굴로 부러진 날개를 흔들고 있었다.

다행이다 꾀꼬리, 깨금발 뛰고 나와서.

세상에서 가장 슬픈 별

—아이들의 노래·6

수수께끼 책을 펼치면 수수꽃이 핀다.
수수꽃이 피면 별도 따라 빛나고
수수꽃이 지면 별도 따라 숨는다.

문제 낼 테니 맞춰보세요.
이 세상에서 가장 슬픈 별은?
아픈 별, 작은 별, 왕따 별, 찔린 별, 고독한 별
까르르 넘어간다. 두 글자에요
똥별, 똑별, 딱별, 뚱별, 알별, 찬별
몸이 젖혀지며 나뒹군다. 배꼽이 죽는다.
답은 이별이에요.

진짜 답은 사별이네.
사별이 뭐에요?
이별보다 더 슬픈 거지 죽어서 헤어진 거잖아.
두 달 전 엄마 잃은 아이 눈에 이슬이 맺힌다.

꿈을, 그림

—아이들의 노래·7

자유자재로 열심히 그려드려요 다 그리면 눈을 감아요
유연한 춤꾼도 좋고 해박한 박사도 래퍼도 되면 멋지고요

서울대 옆 철이는 서울대 나와 붕어빵 장사 꿈도 꾸어요
초원이는 백만 불짜리 다리가 붓도록 달리기로 했어요

원하는 건 다 자신이 직접 그려요 계속 그리고 또 그려요.

이러면 좋겠네

—아이들의 노래·8

춤추는 신발을 신고 들떠서 원하는 일마다 이루어졌으면
길목의 가로등이 고개를 꼿꼿이 세우게 기다려 봤으면
숨결 고르게 편안해지도록 조용히 보듬고 토닥여 줬으면
볼 때마다 모두들 콧소리가 나도록 흥겹게 흐뭇했으면
쫑알거리는 입술이 매 순간마다 신이 나서 떠들어 봤으면
이 손 움직여 누구에게라도 도움을 주고 느낄 수 있으면
너희들이 하는 일 모두가 옳다옳다 말해줄게. 응원할게.

오잎클로버

꿈자리에 온 집안이 불길에 휩싸이더니 길몽이라던 사탕발림은 온 집안에 붉은 딱지를 붙였다 다부진 입술 콱 깨물고 억센 비바람이 몰아쳐도 두 팔로 부둥켜안는다 잘 할 수 있다 말할 수 있을 때까지 밑바닥이라도 훑어봐야지 부딪힐 수 있다 나설 수 있을 때까지 손톱이 문드러지도록 더듬어봐야지 견딜 수 있다 고개를 내밀고 방긋방긋 웃어봐야지 숨이 차도 쉬지 않고 오른다 믿자 믿는다 말이 씨가 되게 해보자

초록 토끼풀이 웃는다 지나던 개도 웃는다 날던 비둘기도 웃는다 억세게 좋다 괜찮다 다 된다.

기러기가 전하는 안부

끊어진 철길 위에 철자들이 지역을 암기하고 자음과 모음이 결합하여 줄지어 침목을 베고 누워있다. 서울에서 도라산역까지 장단역을 지나올 적에 많이도 울었다. 울음 낭자한 끝에 숭숭 구멍 뚫려 멈추어 선 철마, 기적소리 삼키고 오랜 세월 바람만 댕겅 모가지에 걸렸다. 갈바람에 기러기들이 북녘 된서리를 몰아온다. 산수유는 피 토하며 죽어간 영혼들인 양 알알이 맺히고, 눈물로 써내려간 소식들은 오색 띠로 엮이어 나부낀다. 끼룩끼룩 어머니 몸 성히 계시지요. 끼루욱끼루욱 건강해라, 언년아. 끼루끼루룩 기러기 떼들이 읽고 또 읽고 끼룩끼룩 구슬피 읽고, 자음과 모음을 물어다가 보내주는 곳, 철마에 쇳물을 붓고 광을 입히고 철길을 놓고 역전 현판을 올려주고 싶다. 역전 현판이 되어 너를 기다릴 수 있기를 기도한다.

바람의 맛

바람 난 개 두 마리가 횡단보도를 건너는 동안 신호등이 갈팡질팡한다. 신호등이 흔들리면서 눈을 껌벅이자 바람 난 자동차들이 줄지어 꽁무니를 따라간다. 정류장 틈바구니에서 바람 난 비둘기도 따라간다. 어디로 가는 것이냐.

정류장 신호음이 짧은 머리칼을 토닥거리자 머뭇거리던 고양이가 긴 치맛자락 펄럭이는 여자에게 말을 건다. 구름이 태양 어깨 위로 앉으며 말을 건다. 태양은 썬글라스를 쓰고 내숭을 떨며 햇빛 두어 줄로 여자의 치맛자락을 건드린다. 어디로 가야 하나.

바람이 웅웅 나뭇가지를 건드리는 한낮, 어디로 간 것이냐. 나무는 온몸의 돌기가 도는 몸을 배배 틀면서 연연해하고 있다. 바람 난 나무들이 바람을 끌어안고 흔들린다. 나무들이 흔들리자, 여자의 치맛자락도 흔들린다.

노란 서점에서 시를 읊다

길을 걷다가 노란 서점 앞에서 사진 찍으며 웃었네.
환한 웃음이 구름 속에 묻히고 서서히서서히 가려져 가네.
눈물 콧물 훌쩍거린 자리에 동그란 배지가 출렁거렸네.
열아홉 살 소녀가 동그란 배지를 목에 걸고 달리네.
열일곱 살 갈래머리 소녀의 손을 잡고 서점골목을 달리네.
아무리 달려도 전학 온 학교의 교과서는 찾을 수 없었네.
학기 동안 시간시간 먹구름 끼고 천둥 치고 벼락이 쳤네.

배다리 헌책방 한참 보아도 맑은 하늘만 웃고 있네.
동그란 배지를 단 소녀도 저 하늘을 보고 웃고 있을까
갈래머리에 빵모자 쓴 여인이 노란서점을 서성거리네.
배다리 서점 노란 계단에 올라서서 시를 낙엽에 띄우네.
추억의 언저리에 그 여인의 노래가 리듬을 타고 춤을 추네.

봅니다

가만히 봅니다 헤어지자고 나뭇잎에 눈물 한 방울 떨굽니다. 가지 끝에 매달려 처음으로 돌아가자고 오롯이 스밉니다. 우우 소리 내어 웁니다

기대어 봅니다 생가지로 피지 못하고 옹이로 굳어갑니다. 꽁꽁 눈물을 껴안고 망부석처럼 얼어붙었다가 사르르 풀어집니다. 부드러운 감촉, 꽃향기의 기운인가 봅니다

헤어진 당신 신발 끝에 몰아서 오는 눈구름 휘휘 저어 놓습니다. 그간 흘린 눈물의 수만큼 눈바람 앞세웁니다. 어느 결에 스민 연민의 낙엽으로 스르르 다가갑니다. 촉촉한 발걸음 스미는 바람을 맞습니다. 토도독 발끝에 터지는 맑은 봄의 기운, 가만히 기대어 봅니다

환장해분다잉

노 자字 넣어 말하기 없기를 한다. 바나나색이다 병아리색이다 유채꽃이네 황금꽃이야 결국 누런 꽃이 된다.

개똥보다 누렇고 개나리색보다 진해요 똥색보다 연한 색이어요 누리끼리하다고 했다가 누르스름하다고도 한다. 보리가 익은 색이라고도 하다가 계란 속살 같은 꽃이요 한다. 만 원짜리 지폐가 푸른색 웃음으로 노랑꽃 핀 들녘을 채운다.

금계국 천지다. 황금부자가 되게 하는 꽃, 노랗다 샛노랗다 노란 걸 노랗다고 했을 뿐인데 먼 나라 만수르 배꼽이 들썩인다. 환장해분다잉

시의 수적 논리

자음과 모음이 공중제비를 하는 시간은 미지수,
곤두박질치며 구르고 굴러서 허방에 고인다.

허방에 고인 자음과 모음들이 떠나는 날은 자연수,
길을 가다가 차이고 책을 보다가 채이고 글을 쓰다 쓰러져
퇴비처럼 쌓이고 쌓여서 거름이 되어 뿌려진다.

거름이 되어 뿌려지는 자음과 모음들의 꿈꾸는 달은 함수,
그토록 기다려 다지고 다지다보면 행간 사이로 싹이 트고
무시로 구르고 차이면 다져진 글자들은 행간을 행군한다.

꿈의 조합으로 변하는 건 글자들이 시가 되는 날의 변수,
자음과 모음들이 수적 논리로 엮은 공식 위에 수시로 선다.

꽃무릇

철마다 연등 밝히던 손
가닥가닥 하늘을 떠받치고 있다가
백팔번뇌 고개 수그리다 오뚝
마음 먼저 보시하려고 오뚝
합장하고 서니
오! 부처님! 관세음보살

상사병에 걸린 시간

새들이 앉은 전선에 오선지 같은 음표를 그려
지나는 바람을 불러 모아 박자를 맞추게.
새들이 만드는 선율은 보드라운 숨결
가지 새로 부는 바람은 다가오는 기별
언제든 알 수 있게 창문을 열어놓게.
빈 가슴마다 채우는 숨결, 바라는 기별,
바람이 부는 대로 새들이 지저귀는 대로 꿈꾸게.
비가 오면 오는 대로 눈이 오면 오는 대로
다 그대인 듯 여기게.

알기는 알아

덜렁이맹순이 뙤약볕 아래 뭐 하나 봤더니 더운 줄 모르고 고무신에 송사리살림 차려 주더니만 보릿대에 메뚜기 목 줄줄이 엮어 코찔찔이 먹보 준다고 해놓고 맛본다 간본다 하고 볶아가며 다 먹더라 응

촉새 불러다 참새 잡아 구워준다며 바구니 속에 묶은 막대줄 꽉 잡아 하고 멱 감으러 가더니만 개헤엄 치다 휩쓸려 깊은 물에 꼴딱꼴딱거리다 겨우 땅 짚고 나오더라 응

멱 감으러 가지 말고 동생 보라는 말 어기고 멱 감다 다쳐 찢긴 발바닥에 피가 흥건하더니만 지칭개꽃 씹어 붙이고 갑오징어뼛가루 뿌려 한 뼘이나 된 상처 피가 멎더라 응

알기는 알아, 더운 여름 내 십리 길을 마다 않고 업혀 다니더니 단칸방 바글대던 여덟 명命줄 풀칠하느라 숨 돌릴 짬 없이 도라지 까고 마늘 까고 바느질하다 결국 문지방에 걸려 똑 부러진 어머니 발가락 보고 조심 좀 하지 덜렁이맹순이 그만 혓바닥만 놀리더라 응

|해설|

정령, 상징 혹은 행간의 부름

—정령의 시세계

손현숙 | 시인

정령의 시들은 따뜻한 상징과 감각의 향연이다. 그가 혹은 그녀가(필자는 정령 시인을 만난 적이 없다) 불러오는 상징의 대상들은 모두 삶과 연관되어 있는 듯하지만, 그 행간을 따라가다 보면 삶도 죽음도 아닌 중간의 어느 부분에서 아주 낯선 시선으로 대상을 시각화 한다. 그런데 특이하게도 그 대상을 바라보는 그 행간에는 연민이나 자기애적인 집착은 전혀 보이지 않는다. 다만 인간이 영혼의 대답을 기다리는 공간의 모습처럼 꽉 차있지만, 또 텅 빈 것처럼 담담하다.

그것은 마치 아주 낯선 정신의 기능이나 작업처럼 감각을 동원한다. 그 말을 뒤집어보면 지적이고 정서적인 정령의 시들은 경계 저쪽을 말하면서도 그 행간에서는 반드시 삶, 즉 지금 여기를 역설적으로 이야기 한다. 그것은 행간을 초월하는 영혼의 대상들이 유령이나 모습 없는 모습으로 현현하는 출몰의 형태가 아니라, 살아있는 분명한 모습으로 도래하여 오늘을 직접 간섭한다는 것이다. 따라서 정령의 시들은 허황되지도 않고 애매나 모호함의 미로를 벗어나서, 그러나 삶의 힘찬 모습을 가감 없이 그대로 나타내어 보여준다. 때로는 알레고리의 형태로, 때로는 대상의 모습을 깨끗하게 지우면서 상징으로 모습의 변화를 시도한다. 그것이 이번 시집 속에서 정령이 꿈꾸는 새로운 문자 나라의 가능성이기도 하다. 의미를 벗어난 새로운 가능성을 보여주는 것. 그는 결국 시는 그 무엇에 대한 의미를 부여하는 시도에서 벗어나서 그 무엇의 가능성을 보여주는 것이라는 것을 한 권의 시집으로 묶은 것이다. 따라서 우리는 이번 정령의 시집에서 행간을 채워가는 침묵의 대상들을 어렵지 않게 만나게 된다. 그가 본질적으로 꿈꾸는 문학의 세계, 그것은 인간이 삶을 영위하고 사랑하고 감각하는, 지금 여기에서 일어나는 당신과 나의 이야기를 있는 그대로 받아 적는 일이다. 그것은 아마도 삶의 경지에 오른 담담한 시선이거나 혹은 지난한 삶을 살았던 한 예술가의 정신적인 고백이라고 보아도 무방할 것이다. 중원에서 협객은 이마에 태양혈을 보이지 않는다는 말, 어쩌면 정령이 이번 시집을 통하여 넌지시 던지는 전언일지도 모르겠다.

여기에서는 '시선으로 불러오는 대상'들과 '꽃이라 이름 부른 그 무엇들', 그리고 '말맛' 그리고 '입담을 따라가는 따뜻한 시선'을 상징과 행간의 알레고리를 불러와서 읽어볼 것이다.

#시선으로 불러오는 대상들

끈 떨어진 커튼이 펄럭인다.
열 받은 전깃줄에 새들이 비비거린다.
푸른 바람이 마르도록 울음소리가 탄다.
놀란 나뭇잎이 가로등을 깨운다.
적막과 밝음 사이에 어쩌다 와 있다.

시간이 오슬오슬 흘러간다.
빛의 그림자가 고양이가 되어 웅크리고 있다.
끈 떨어진 커튼이 문득 새를 바라본다.
전깃줄을 넘다가 바람이 새들을 건드렸다.
태양의 비명이 낭자하다.

목젖이 타들어가고 가로등은 나뭇잎을 재운다.
어둠과 고요 사이에 어쩌다 와 있다.

—「어쩌다」 전문

위의 시에서 화자는 말하는 위치에 서있기 보다는 차라리 바라보는 침묵의 자리에서 대상을 포착한다. 대상을 따라가는 시선은 어떤 설명이나 대상에 대한 의미를 부여하는 것을 멈춘 채, 그 무엇의 가능성들을 보여주는 것에 골몰한다. 시의 정황을 만드는 기표들은 우리가 일상을 살면서 손쉽게 접할 수 있는 대상들이다. 그것은 누구나 무심코 지나칠 수 있는 커튼, 전깃줄, 나뭇잎, 가로등으로 특별한 장치의 무엇이 아니다. 화자의 시선이 멈추는 것은 뜻밖에도 불완전한 형태의 모습들이다. 화자는 그 불안전한 것들에서 완성이 되어가는 과정을 다만 시선으로 따라간다. 어떤 설명이나 진술을 거부한 채 한 폭의 수묵화처럼 상황을 따라가는 시선은 집요해서 차라리 담담하다. 그러나 시의 제목이 보여주는 「어쩌다」의 역설들은 연을 사이에 두고 커다란 반전을 시도한다. 첫 연에서 포착된 기표의 대상들은 다소 불안전해 보이는 것들로 커튼이 펄럭이는데, 그것은 끈이 떨어져 있고, 새들이 비비거리는데, 그것 또한 열을 받아서 고통을 동반하는 전깃줄이다. "푸른 바람이 마르도록 울음소리가 탄다."

의 의문의 자리는 다음 행에 이어지는 "놀란 나뭇잎이 가로등을 깨운다."로 가로등의 정체를 살아있는 생명으로 치환 발화 하면서, 바로 앞 행의 울음과 상치되는 효과를 보여준다. 그것은 "울음소리"가 "깨운다"로의 여정을 어둠과 밝음의 대치로 청각, 즉 감각을 동원하여 "적막과 밝음의 사이"를 장면화 한다. 그런데 두 연으로 이루어진 위의 시는 첫 연만으로는 인과의 관계가 분명하지는 않다. 다음 연으로 이어지는 상황의 전개들이 왜, 어떻게 그런 정황이 벌어진 것인가에 대하여 좀 더 구체적으로 드러내 보여준다. 상황의 부연 설명이나 진술을 철저히 거부한 시의 장면들은 커튼이 펄럭이는 이유와 새가 전깃줄에 앉아서 우는 필연과 저녁이 와서 가로등이 켜지면서 나뭇잎의 모습이 사라지는 이유를 바람과 시간의 흐름 위에 가만히 얹어둔다. 화자는 그것을 조건과 반사가 무화되는, 아름답지만 무용한 자연의 이치임을 묘파한다. 그것들은 손으로는 잡을 수도 잡히지도 않는 빛과 어둠으로 시간의 흐름이고, 그 무위하게 흘러가는 흐름 속에서 빛의 내부인 어둠으로 인해 "빛의 그림자가 고양이가 되어 웅크리고 있"기도 하고 "커튼이 문득 새를 바라" 보기도 한다. 형태가 없는 바람은 전깃줄에 앉아있는 새를 만나면서 새들의 울음을 불러내기도 하고, 그 우연한,

어쩌다 만나게 된 인과의 법칙들은 결국 시간의 흐름 위에서 태양의 밝음을 침묵하는 어둠 속으로 끌어들인다. 화자가 발화하는 마지막 행의 "어둠과 고요 사이" 라는 커다란 낙차 또한 인간의 힘으로는 간파가 되지 않는 "어쩌다"라는 언사는 화자가 대상을 바라보는 폭 넓은 시선과도 맥을 함께 한다.

시간이 꽃잠을 자고 그림자가 오수를 낳으면 사아삭사아삭, 개미가 빵조각을 앞발로 굴리며 간다.

바람이 태몽을 꾸고 공기가 몽정을 하면 어기적어기적, 달팽이가 더듬이를 세우며 돌아본다.

고요가 만든 달팽이관을 따라 고막이 거미줄을 치면 뒤적뒤적, 노인이 담배쌈지 뒤지며 담뱃불을 찾고,

한숨이 지나간 폭풍의 끄트머리를 붙잡고 소리 없는 기적을 울리면 부스럭부스럭, 신혼부부가 옆방에서 남침을 간다.

냇물이 마르고 꽃이 꽃잎 속으로 노을을 거두어들이면 안으로안으로, 지친 몸뚱이가 꽁꽁 얼어붙는다.

사무친 사람들이 적요의 얼굴로 생생해진다.

—「적요」 전문

시의 정황상 화자의 시선은 어리고 여린 것들과 강자 보다는 약한 것들 앞에서 정지한다. 바람은 속성상 활기차게 활동을 하는 것으로 어떤 모습의 형태를 변형시키는 도구로 묘사가 되기 일쑤인데, 화자는 바람에 관하여 시간도 잠을 재우는 "시간이 꽃잠을 자고"라는 "고요" 앞을 무상으로 서성거리는 존재로 치환 발화한다. 그러다 뜻밖에도 포착된 장면은 아주 작고 미미한 "개미가 빵조각을 앞발로 굴리며" 가는 생명의 활발성을 발견한다. 뿐만이 아니라, 시간 앞에서 무력한 모습으로 묘사되는 "고요가 만든 달팽이관을 따라 고막이 거미줄을 치면"의 노인에 대해서도 의외의 활동적인 모습인 "담배쌈지 뒤지며 담뱃불을 찾고,"로 양지 보다는 음지쪽에서 은밀하게 벌어지는 움직임에 마음을 기울인다. 3연의 "꽃이 꽃잎 속으로 노을을 거두어들이면"이라는 아름다운 발화 역시 2연의 "폭풍의 끄트머리를 붙잡고 소리 없는 기적"과도 한 맥을 잇는다. 마지막 연에서 언표 하는 "사무친 사람들"의 얼굴에서 명사격인 "적요"를 발견하는 화자는 바람, 즉 활발한 무엇이 지나간 자리에서 바라보는 대상들에 관하여 한없는 연민의 심정을 유감없이 드러낸다. 위의 시는 화자, 즉 시인의 시선 안에서 '적요'는 사전적 의미를 넘어서는 자리에서 상징 발화하는 역설의 의미로 읽어야 한다.

빛깔에 끌리기로 하자 아침에는
주홍빛의 능소화 노란 금계국 붉디붉은 찔레
빙빙빙 후리며 돌다보니 겨드랑이가 결린다.
날갯죽지가 뻑뻑하다.

향기를 따르기로 하자 저녁에는
붉은 장미 바라보다가 코가 따갑다.
목련꽃 핀 자리에는 아련한 어머니의 냄새
고상하다는 튤립 옆에서 어깨를 편다.
옆집 누이 치마 속이 궁금해지는 명자꽃 정강이가 가렵다.
달개비꽃길 따라 맴맴 돌다가
보르르 날개를 접고 숨을 고른다.

—「자자, 나비야」 전문

이번 정령의 시집 속에는 대상을 타자화 하여 정황을 묘파하는 시들 보다는, 타자 속으로 직접 걸어 들어가서 경계를 지우는 주체의 시들이 종종 눈에 뜨인다. "비튼 몸, 꿈속으로 걸어가고 달 속으로 달려가고 별 속으로 뛰어가"(65쪽), "능소화가 꽃잎을 동그랗게 오므리기 전에 보았지."(76쪽), "그저 먹먹한 가슴/반짝이는 별이 토닥이는데도 가는 손 내밀며 하 속수무책"(27쪽)처럼 대상에 대한 무엇의 의미부여를 중지한 체, 대상 속으로 서슴없이 걸어 들어가는 경계자의 모습을 만날 수 있다. 위의 시에서도 나비가 대상이 아닌 주체가 되어서 세상을 주유천하 한다. 또한 시의 주체가 변하는 것뿐만이 아니라 동시에 시간의 층위도 무화시킨다. 예를 들면 "주홍빛의 능소화 노란 금계국 붉디붉은 찔레"가 피고 지는 시간의 층위는 봄과 여름의 의미조차 지워버린다. 그렇게 자유의지를 부여받은 나비는 어딘가에서 쉬어가야 하는데, 나비는 오롯이 마음의 결을 따라 "빛깔에 끌리기로 하자" 혹은 "향기를 따르기로 하자"처럼 마음이 허락하는 적당한 처소에서 자거나 혹은 쉬어가기로 한다. 시의 장면은 나비가 머무는 곳에서의 상념을 불러오기도 하는데, 나비 주체는 "붉은 장미 바라보다가 코가 따갑"기도 하고, "목련꽃 핀 자리에는 아련한 어머니의 냄새"를 맡기도 하면서 "명자꽃 정강이가 가렵."기도 하다. 이는 정령의 이번 시집에 도드라지게 나타나는 촉각과 후각을 동원하는 감각의 향연이기도 하다. 더불어 방향이나 목적을 갖지 않고 날개를 접었다 폈다 하며 날아오르는 나비의 모습은 시인 자신이 지향하는 삶의 방랑벽 같기도 하고, 무엇보다 자유의지를 갖는 예술가, 시인 본연의 자태이기도 하다.

#꽃이라 이름 부른 그 무엇들

꽃이 피지 않았다면, 가로 누워 일자로 내려오는 빗물에 흠씬 젖다가 오목한 눈으로 아래로만 보다가 어느 밤 검은 날개를 펼치고 어두운 세상을 곤두박질치다가 깊은 바다에서 낙조처럼 잠영을 하고 있을 거였다
꽃이 핀 후, 처진 내 입이 동그라지고 오물오물 아기새들처럼 벌어진다는 게 이슬이 아롱지고 바람이 재잘대는 소리에 내 눈이 반짝인다는 게 붉은 이사빛*에 매일매일 내 몸이 흔들린다는 게 다 꽃, 꽃이기에 꽃이기로.

* 이사빛 : 이른 아침에 뜨는 따사로운 햇빛이라는 순 우리말.

—「다 꽃」 전문

위의 시에서 보여주는 장면은 두 가지의 형태로 드러난다. 꽃이 피기 전과 그 후로 나뉘면서 화자의 내면 풍경 또한 극명하게 갈린다. 그뿐만이 아니라 꽃이 피기 전의 상황과 꽃이 피고 나서의 상황은 정과 동으로 나뉘면서 심경의 변화

를 보여준다. 위의 시에서 직접 발화하는 "꽃이 피지 않았다면,"과 "꽃이 핀 후,"는 제목이 표상하는 「다 꽃」이라는 상징 발화의 의미망 속에서 마음의 무늬가 문자로 묘파가 된다. 자, 그럼 자세히 뜯어읽어보기로 한다. 화자는 지금 화자로 분한 시인의 내면을 세세하게 드러내 보여준다. 꽃피기 전의 심경이란, "빗물에 흠씬 젖"는 것이고, "어두운 세상을 곤두박질치"는 것이다. 그리고 그 모든 절망적인 상황은 "깊은 바다에서 낙조처럼 잠영을 하고 있을 거였다"로 매우 비관적인 정황을 드러낸다. 그런데 여기서 마지막 문장을 보면 과거형으로 끝을 맺는다. 그것은 이미 지나갔거나 지나갈 것을 예견하는 화자의 입장을 시간의 담론으로 설명하는 것이다. 그런데 특이하게도 위의 시는 연 가름이 아닌 행 가름의 장시 형태를 유지한다. 그것은 아마도 꽃의 서사에 관한 이야기일 터, 꽃의 일생은 시작과 끝이 결국은 맞물려 있다는 것과 그것은 인간 실존의 모습과도 일맥상통한다. 계속 시를 뜯어읽어보기로 한다. 그렇다면 화자가 발화하는 "꽃이 핀 후"에는 무슨 일들이 벌어지는 것일까. 마침표 없이 장형의 한 문장으로 이루어진 의의 시에서는 꽃의 사건이란, "입이 동그라지고 오물오물 아기새들처럼 벌어"지는 신생의 사건이고 "바람이 재잘대는 소리에 내 눈이 반짝" 뜨이는 시작의 의미이면서 따사로운 햇빛에 "붉은 이사빛에 매일매일 내 몸이 흔들린다는" 생성의 의미를 내포한다. 이쯤 되면 시의 제목인 「다 꽃」의 정황이 궁금해지는데, 화자가 발화하는 '다 꽃'이란 의미 상징 속에는 세상의 희비가 모두 꽃으로 인하여 일어나거나 꽃이라는 것을 강조한다. 이를 다시 한 번 더 따져서 뒤집어 읽어보면 꽃의 서사는 사랑하는 대상으로도 혹은 화자, 즉 시인이 기대었던 그 모든 무엇들로 치환하여 읽어도 무방한 개방형 장형의 서정시로 읽힌다.

> 상복 위에 투둑 하얀 목련이 피었다
> 겉저고리 밖으로 상주 대면할 때마다 피는 것을
> 옷섶에 뽀얀 젖무덤, 목련처럼 매무새가 열렸다
>
> 가는 길조차 목련 피우고 가는 저 약속한 사람
> 저 사람이 생전에 잇몸 하얗게 웃더니
> 삼년 병수발 목련처럼 웃으라며 피었다
>
> —「백목련」 전문

시의 정황상 장면은 딱 한 장면이다. 화자는 상가에서 벌어진 단 하나의 장면으로 산자와 죽은 자 사이의 관계까지 유추한다. 둘째 연의 마지막 행에서 발화하는 "삼년 병수발

목련처럼 웃으라며 피었다"의 언사는 첫 연의 셋째 행 "목련처럼 매무새가 열렸다"의 상황을 설명 없이도 충분히 이해를 돕는다. 백목련이라는 하얗고 소담스러운 봄꽃의 이미지는 "옷섶에 뽀얀 젖무덤"으로 젖무덤과 백목련의 알레고리를 성립시킨다. 첫 행에서 직접 발화하는 "상복 위에 투둑하얀 목련이 피었다"처럼 화자의 시선에 포착된 상복 입은 누구는 여기 주검으로 누워있는 어떤 이의 병수발을 정성껏 들었던 인물이다. 그것은 마치 죽은 자가 살아서 신세를 진 사람에게 마지막 선물로 백목련을 주고 가듯, "목련처럼 웃으라며 피었다"로 산자와 죽은 자 사이의 매개자로 삶과 죽음 또한 필연의 한 사건으로 의미발화 한다.

말맛, 입담을 따라가는 따뜻한 시선

창밖 햇살이 아무렇게나 구겨져 꾸벅꾸벅 졸아요
볼 빨간 사과가 과묵한 사과를 오매불망 기다려요

사과에 독이 들었는지 벌레가 들었는지 베어물기 전에는
이렇다 저렇다 볼 빨간 사과도 과묵한 사과도 잘 몰라요
이름만 사과인 사과도 사과를 찾아와 사과를 내밀어요

물망초를 수놓은 조각보에 사과가 앉아 사과를 기다려요
사과들이 창 안으로 들어오는 햇살을 따라 살살 걸어와요
사과가 헤벌쭉 인사를 하면 햇살은 더 꾸벅꾸벅 졸아요

—「사과를 기다리는 사과」 전문

세상에 찢어발겨도 시원찮을 자식 버린 매정한 노랑호박도, 천하에 빌어먹을 노모와 불구인 형을 죽인 청호박도, 온 우주에 존재하는 썩어빠진 애호박에게도 귀에 대고 귓속말로 와구와구 씹어댄다. 이런, 가죽을 홀라당 벗겨서 하이애나에게 던져주고 싶은 십팔색크레파스로 그린 십장생신발껍데기야! 호박씨 까자.

—「호박씨를 까다」 부분

이번 정령의 시집 속에는 "상복 위에 투둑"(74쪽), "가막마루가 드르륵"(76쪽), "잔가지 끝에 기대어 앵앵 운다고"(86쪽)와 "와구와구 씹어댄다.(43쪽)", "가죽을 홀라당 벗겨서" 처럼 말맛을 상징하는 의성과 의태어들이 심심찮게 등장한다. 이는 정령이 음성언어에 익숙하다는 증명일 것이고, 이를 증명이나 하듯이 위의 두 시편들은 시어가 갖는 의미나 시도를 그만두고 직접적인 음성발화의 방식을 선택한다. 이는 정령의 시작 태도나 성정과도 상통하는 것일 터인데, 이는 시인이 불의와 맞서는 방법으로 보아도 무방할 것이다.

위의 「사과를 기다리는 사과」에서는 사과의 사전적 의미인 사과 즉, 자신의 잘못을 스스로 인정하고 용서를 빈다는 "이름만 사과인 사과도 사과를 찾아와 사과를 내밀어요"의 사과와 사과나무 열매인 "볼 빨간 사과"인 생물학적인 사과를 알레고리로 엮어서 한 편의 시를 구사한다. 위의 시가 발화하는 사과는, 사과를 하러오는 사과와 사과를 받고자 하는 사과로 나누어서 읽어야 한다. 그런데 뭔지 탐탁잖은 사과의 태도에 사과를 받는 쪽도 사과를 하는 쪽도 서로 명쾌하지가 않다. 그럼에도 불구하고 사과를 받고자 하는 사과는 "물망초를 수놓은 조각보에 사과가 앉아 사과"를 기다린다. 이는 시인으로 분한 화자가 명명백백 시비를 가리겠다는 것이 아니고, 종성이 사라진 '사과'라는 열린 음성 속에서 감각되어지는 소리문자와 사과나무 열매인 사과의 이름과 태에서 얻어지는 말맛의 입담을 따라가는 정황이다. 하긴 사과를 받으면 뭐하고 또 못 받으면 어떠리. 다음의 「호박씨를 까다」에서 화자는 더 노골적이고 직설적인 화법을 구사한다. 시의 장면은 화자가 "자식 버린 매정한" 누군가를 향하여 혹은 "노모와 불구인 형을 죽인" 누군가를 향하여 분노를 표출하는 방식을 언어화 한다. 시에서 발화하는 "십팔색크레파스로 그린 십장생신발껍데기야! 호박씨 까자."와 같은 세상을 향한 분노의 표출은 청자 혹은 독자의 입장에서 대리만족 비슷한 카타르시스를 느끼게 하는 말맛과 함께 정령의 입담을 눈치채게도 한다.

아침나절이 뽀얀 아지랑이다
염전에 소금꽃이 흐드러졌다
밤새 저러고 질펀히도 노닐다

젖으면 벗어야지요~ 냅둬 마르게~ 옷이 젖으면 찝찝하잖아요~ 마르지모~ 요도 젖었잖아요~ 아니 요기만 젖었어~ 어서 갈아 입어요~ 괜찮아 말라 마르지모~ 그러게요 말라 마르지모 그렇지요

—「말라 마르지모—치매입담·1」 전문

이번 시집에서 시인이 발화하는 '치매입담'이라는 시편들은 치매 환자가 발화하는 현장의 언어들을 화자가 시말로 치환하여 받아쓴 시편들이다. 치매 당사자와 환자를 돌보는 화자의 대화 혹은 묘사로 그려지는 치매입담의 시편들은 고통의 극적인 순간 속에서도 유머와 위트를 잊지 않는 내공을 보여준다. 시인, 즉 시 속의 화자는 아마도 "그만해요 아버지 버지니아 풍년화가 마른 잎사귀로 살살 흔들어 말린다"(70

쪽)와 "엄마 엉덩이 올려 보지요"(69쪽)의 발화로 미루어보아 어머니와 아버지 양쪽의 수발을 다 들었던 듯하다. 말 그대로 눈에 보이고 귀에 들리는 모습과 소리들을 입담으로 구사하는 위의 시편은 밤새 이부자리에 오줌을 싼 치매 노모와의 대화를 전제로 한다. 그런데 고통이면 고통이랄 수도 있는 극한 상황의 전개에도 불구하고 서로 주고받는 "젖으면 벗어야지요~ 냅둬 마르게~"라든가, "요도 젖었잖아요~ 아니 요기만 젖었어~" 혹은 "말라 마르지모~ 그러게요 말라 마르지모"같은 대화체의 시말들은 고통의 극기를 넘어선 어떤 큰 도량의 태도까지도 충분히 읽힌다. 문득 필자의 뇌리를 스치는 질문 하나. 시가 혹은 시인이 세상에서 선의로 할 수 있는 일이 있을까. 글쎄, 만약 있다면 정령의 시적 태도처럼 가장 고통의 순간을 문자로 기록하면서도 의미나 목적을 배제하는 인간의 가능성을 보여주는 것이 아닐까. 이렇게 적극적으로 약자에 대한 따뜻한 시선이 있다면 세상은 결코 삭막하지만은 않겠다는 생각.

> 춤추는 신발을 신고 들떠서 원하는 일마다 이루어졌으면
> 길목의 가로등이 고개를 꼿꼿이 세우게 기다려 봤으면
> 숨결 고르게 편안해지도록 조용히 보듬고 토닥여 줬으면
> 볼 때마다 모두들 콧소리가 나도록 흥겹게 흐뭇했으면

쫑알거리는 입술이 매 순간마다 신이 나서 떠들어 봤으면
이 손 움직여 누구에게라도 도움을 주고 느낄 수 있으면
너희들이 하는 일 모두가 옳다옳다 말해줄게. 응원할게.

—「이러면 좋겠네—아이들의 노래·8」 전문

정령의 이번 시집 속에는 제3부에 놓여있는 '치매입담' 6편의 시편들에 이어 제4부에는 '아이들의 노래' 역시 꽤 많은 분량인 8편의 시편들이 수록되어 있다. 이는 시인이 대상을 바라보는 시적인 태도나 정서의 표출과도 밀접한 관계를 맺는다. 이는 제3부에서 주로 다뤘던 치매노인에 대한 연민과 제4부에서 다루고 있는 소외된 아이들을 바라보는 시선이 모두 따뜻해서 담담하게 묘사 된다. 더러는 위트 있게, 더러는 직설화법으로 드러내는 시쓰기의 전략은 오히려 상황을 담담하게 받아들이게 하는 묘수가 숨어있기도 하다. 위의 시 「이러면 좋겠네—아이들의 노래·8」은 시간의 층위별로 구사된 것은 아니지만, 화자가 아이들에게 보내는 따뜻한 전언으로 마무리 되어있다. 8편 속에 드러나는 아이들은 죽음을 아직 모르는 "사별이 뭐에요?"(88쪽)라고 묻는 아이들이고, "이승을 떠난 아버지"(85쪽)를 그리는 아이들이다. 이처럼 소외되고 고립된 아이들에게 화자는 거두절미하고 "원하는 일마다 이루어졌으면"이라고 격려하고 "모두들 콧소

리가 나도록 흥겹게 흐뭇했으면" 하고 토닥여 준다. 시인의 분신이자 시속의 주체인 화자가 원하는 궁극의 바람은 "이 손 움직여 누구에게라도 도움을 주고" 싶은 간절한 마음이다. 필자는 시로 혹은 시의 힘으로 행동하는 정령의 시편들을 읽어가면서 시의 본령에 대하여 생각해 보는 시간을 갖게 되었다. 만약 문학의 본질이 꿈꾸는 것이고 불가능을 추구하는 것이라면, 소외된 어떤 무엇에 관한 사회적 관심도 불가능을 가능하게 하는 문학의 본질이 아닐까, 하는 생각. 따뜻한 시선과 기미와 기척에 관한 진동과 증상들을 입말로 받아쓴 정령의 성실한 이번 시편들은 시의 가능성을 조금 더 열어주었다. 다만 동어반복과 의성과 의태어의 사용에는 조금 더 면밀한 계산이 따라야 한다고 본다. 그것은 치밀하게 계산하고 있는 시적 논리로서 다음의 시편에서 답을 찾아본다. 그리하여 따뜻한 가슴과 내적 활기를 지닌 정령 시인의 시편들에 아낌없는 갈채를 보낸다.

자음과 모음이 공중제비를 하는 시간은 미지수,
곤두박질치며 구르고 굴러서 허방에 고인다.

허방에 고인 자음과 모음들이 떠나는 날은 자연수,
길을 가다가 차이고 책을 보다가 채이고 글을 쓰다 쓰러져

퇴비처럼 쌓이고 쌓여서 거름이 되어 뿌려진다.

거름이 되어 뿌려지는 자음과 모음들의 꿈꾸는 달은 함수,
그토록 기다려 다지고 다지다보면 행간 사이로 싹이 트고
무시로 구르고 차이면 다져진 글자들은 행간을 행군한다.

꿈의 조합으로 변하는 건 글자들이 시가 되는 날의 변수,
자음과 모음들이 수적 논리로 엮은 공식 위에 수시로 선다.

—「시의 수적 논리」 전문